KB103786

문장의 초점 문학선 001 김수정

무채색을 위한 밤

작가의 말

이 책이 당신에게
닿을 수 있게 되어 영광입니다.

부디 당신이 이 책을 덮으실 때쯤,
당신에게 고여있는 우울과 슬픔을
모두 이 책에 버리고 가주셨으면
좋겠습니다.

앞으로도 저는 담담히
무채색의 감성과 위로를 전하겠습니다.

-水正

차례

그냥
그리움
기억합니다
믿음
좋아하는 것과 사랑하는 것
무뎌진 이별, 그리고 사랑
너와 함께
사랑의 정도
헤픈 짝사랑
믿을 수 있는 사람
아픔
당연한 존재
꽃
달빛
침울합니다
눈물
짝사랑을 할 때 가장 아픈 순간
사랑하고 있었습니다
저주
광대
방해
겨울

심장 없는 삶

심장 없는 삶을 살았습니다
무엇을 해도 두근대지 않았고
사랑 역시 찾지 못했습니다

심장 없는 삶을 살았습니다
여전히 그렇게 살고 있으며
영원히 그렇게 살 것입니다

당신도 나와 같은 삶을 살고 계시나요
아, 당신의 공허한 두 눈동자가
대신 답을 해주는군요

다가올 봄

이젠 입김도 불리지 않는
날씨가 되어버렸습니다
날씨는 점점 따스해지고
겨울은 점차 제게 안녕을
전할 준비를 하는 것 같습니다
제게도 봄이라는 것이 찾아온다면
당신도 그 봄과 함께
와주셨으면 합니다

밤과 낮

내겐 낮과 밤이 중요하지 않아요
하늘이 아무리 밝아도
내 마음은 어둠으로 뒤덮인 밤일 수 있고
하늘이 아무리 어두워도
내 마음엔 찬란한 햇빛이
드리울 수 있을 테니까요

향기

산들산들
어여쁘게 불어오는 바람에
혹여나 당신의 향기가
섞여 있을까 봐
나는 오늘도 어김없이
앞을 향해 나아가는
발을 멈춰 세우고
뒤를 돌아보았습니다

어린아이

아주 가끔은
어린아이처럼 투정도 부리고
고집 있게 행동해도 되지 않을까
어리광도 부려보고
마음껏 울며
누군가에게 기대도 되지 않을까

쓸모없는 감정을 소모할
시간조차 부족한
나를 위해
너를 위해

우리,
아주 가끔은
어린아이를 닮아도 되지 않을까

시든 장미

앙상하게 가시만 남은 것이
마냥 징그럽지 않고
오히려
불쌍하다

그 앙상한 것에도
한땐 어여쁜 꽃이 피었을 테니

파도를 닮은 사랑

내가 사랑에 휩쓸리는 건지
사랑이 내게 휩쓸려 오는 건지
아직은 잘 모르겠으나
이 의문의 끝은
어차피
당신이 되겠지

바다와 바닥

나는 바다일까요
아님 바닥일까요
넓디넓고 청량한 바다를 본받아
당신을 이해하고
외로운 이 사랑을 유지하려 애썼지만
주체할 수 없이 들끓는 이기심 때문에
나는 또다시 바닥이 되고야 마네요

슬픔의 크기

슬픔에도 크기가 존재할까
작은 슬픔은 큰 슬픔보다
덜 아프고
덜 괴로울 수 있을까
내가 지금 앓고 있는 이 슬픔은
치유될 수 있는 크기의 슬픔일까

봄

꽃봉오리가 피는 계절이 오면
그대도 내 곁으로 돌아와 줘요
그때까지 아무리 쓸쓸해도
기다리고 있을게요
그때까지 아무리 추워도
잘 견디고 있을게요

소설 같은 사랑

당신이 보이지 않으면
내 머릿속은 백지가 돼요
그러니 얼른 내 눈앞에
나타나 줘요
내 머릿속에서
한 편의 소설이 완성될 수 있게

함께였던 계절

너와 함께한 모든 계절은
아무리 더워도 시원했고
아무리 추워도 따뜻했다

빛과 어둠

내가 아무리 어두워져도
당신은 계속 밝아줘요
내가 당신의 밝은 빛 뒤에
내 어둠을 숨길 수 있도록

사랑의 처음과 끝

처음은
설레었는데
끝은
애달프네요

영원하길 바랐던 우리의 사랑이
이렇게 끝을 맺을 줄 알았더라면
좀 더 아껴줄걸
좀 더 애틋할걸

그래도
이것만은 잊지 말아요

나는
사랑해서 당신을 놓아줬고
미안해서 당신을 놓쳤다는 것을

떠나고 싶습니다

돌아오겠다는 말도
기다려달라는 말도
함부로 하지 못했습니다
내가
약속을 지키지 못하는
사람이 될까 봐
당신이
어떤 계절이 스치든
한 사람만 기다리는
사람이 될까 봐

그냥 조용히 떠나고 싶습니다
이 밤
이 달
이 별과 함께

계절

내가 당신의 계절에서
살았더라면 어땠을까
그 계절은 나의 계절보다
어둡고 차가우며
살결이 떨릴 듯이 추울까
당신이 나의 계절에서
사는 건 어떨까
당신도 꺼림칙한 이 계절의
어둠과 추위를 느껴볼 수 있을까
당신과 내가 같은 계절에서
살았더라면 어땠을까
그랬더라면 우리가
좀 더 가까워질 수 있었을까

고요한 세상

고요한 세상에 아무리
고요한 외침을 내뱉어도
아무도 알아주지 않고
아무도 안아주지 않는다

삶

완성된 삶은 지켜야 할 것이 많아
숨 막힐 것 같고
미완성된 삶은 성공하지 못한 탓에
자괴감 들 것 같다

그냥

그냥 아무것도 하지 않았던 날
그냥 아무 생각 없이
그냥 아무 이유 없이
그냥

당신이 보고 싶었다

그리움

당신이 그립다
그래서
잊지도 못하고
지우지도 못하고
다른 사랑을
꿈꾸지도 않았다

기억합니다

그대의 눈물을 기억합니다
그대의 미소를 기억합니다
그대의 슬픔을 기억합니다
그대의 행복을 기억합니다

아직도 나는
그대의 모든 것을
기억하고 있습니다

믿음

조금만 더
기다려달라고 했다
나는 당신을 기다리기로 했다
조금이든 아니든
내가 믿는 건
사랑이 아니라
당신이니까

좋아하는 것과 사랑하는 것

좋아하는 것과
사랑하는 것의
공통점을 생각해 보았다

그건 다른 무엇도 아닌
너였다

무뎌진 이별, 그리고 사랑

날씨가 따스해질수록
상처가 무뎌질수록
결국엔 이별이
끝임에도 불구하고
나는 또다시
사랑하겠죠

너와 함께

사랑했더라면
애틋했더라면
영원했더라면

행복했을 텐데

사랑의 정도

너에겐 마지막이
나에겐 시작이었고
너의 그 마지막조차도
나에겐
사랑이었다

헤픈 짝사랑

당신이 힘들면
제 어깨를 내어드릴게요
당신이 아프면
제가 당신을 위한
눈물을 흘릴게요

그런데
제가 힘들면
어느 누가 제게 어깨를 내어줄까요
제가 아프면
어느 누가 저를 위해 눈물을 흘려줄까요

짝사랑이란 건 다 이런 건가 봐요

당신은 저를 위해
소비하는 것도 없고
낭비하는 것도 없는데

저는
당신을 위해
당신만을 위해

제 모든 것을
소비하며
낭비하고 있네요

믿을 수 있는 사람

고요함 속에
파묻힌 나의 외침이
세상엔 닿지 못해도
당신에겐 닿길

아픔

아픔은
크기를 측정할 수 없다
다만
크게 와닿을 뿐이다

당연한 존재

누군가가 내게
당연한 존재가 되었다는 건

내가 그 사람을
소중하게 여기지 않는 게 아니라

그만큼 그 사람이
내 온몸에 스며든 것이 아닐까

꽃

은은하게 풍겨오는 꽃내음이
제 곁을 계속 맴돌았으면 좋겠습니다

꽃을 닮은 당신을 사랑할 수 없으니
당신을 닮은 꽃이라도
사랑하고 싶어서요

달빛

달빛에 비친
당신의 미소가 어찌나 아름답던지
하늘에 스치는 별똥별조차
눈에 들어오지 않더라
달빛보다 더 빛나는 그대여
부디 언제나
반짝여다오

침울합니다

침울합니다
그대가 제 곁을
영영 떠났다고 생각하니
더 침울합니다
그대는 어찌하여
그대의 흔적만을
그대의 잔향만을
제게 남겨두시고
그 먼 길을
홀로 떠나시는 겁니까

눈물

나의 눈물은
흐르지 않고
쏟아졌다
눈물이 쏟아지는 건지
내 마음
내 영혼
내 모든 것이
하나가 되어 함께
쏟아지는 건지 잘 모르겠다
차라리 내 눈에
가뭄이 찾아왔으면 좋겠다
그 어떤 것도
흘러내릴 수 없도록

짝사랑을 할 때 가장 아픈 순간

짝사랑을 할 때
가장 아픈 순간은
그 사람이 나를
바라봐 주지 않을 때가 아니라
내가 그 사람을
놓아줘야 할 때이다

사랑하고 있었습니다

당신이 못 보는 시야에서도
당신이 모르는 시간에서도
나는 당신을
사랑하고 있었습니다

저주

당신이 부러워요
사랑할 사람도 있고
사랑을 받을 사람도 있어서
당신에겐 부족함이 없는
그 사랑을
나는 오늘도, 내일도
한가득 퍼 주기만 하고
한 아름조차도 받지 못할 겁니다

내 사랑을 모두 **빼앗아버린** 당신

부디 내 몫까지 행복해 줘요
당신이 사랑할 그 사람을
마음껏 사랑해 줘요

당신의 사랑이 모두 바닥날 때까지

광대

울고 싶을 땐 울고
웃고 싶을 땐 웃는
사람이 되고 싶어요
눈물 삼키고
웃음 보이는
사람 말고요

방해

당신은 따스한
봄이었고
나는 그 따스함을 없애는
겨울이었다
당신은 달이었고
나는 그 달을 감싸는
어둠이었다

겨울

바람도 차고
눈도 차던데
너마저
차가워지면
난 어쩌지

사랑이 아니었다고

차라리
사랑이 아니었다고 말해 줘요
그냥 누구나 스칠 수 있었던
희미하고도 허무한 감정 따위에
아주 잠시
휘둘린 것뿐이었다고 말해 줘요
사랑이었다고 정의 내리기엔
우리의 사랑은
빛을 내지 못했으며
여전하지 못했으니까요

야생화

당신은 야생화를 닮았다
향기가 짙어
매혹적이면서도
금방이라도
사라질 것 같기에

하염없이

하염없이 떠난 당신을
나는
하염없이 기다립니다

다른 시점

떠나가는 사람은
기다리는 사람이
눈에 밟혀
쉬이 발걸음을 옮기지 못하고

기다리는 사람은
떠나가는 사람이
눈에 밟혀
마지막이었던 그곳에서
쉬이 벗어나지 못하네

안부

처음 보는 당신의 밝은 모습에
차마 안부를 묻진 못했습니다

웃는 모습이 예쁘던데
제게도 보여주시지 그러셨습니까

그래도
행복해 보이니 다행입니다

미련

당신을 잊고 싶지 않습니다
당신에게서 잊히고 싶지 않습니다

감정 쓰레기통

당신이 나에게 준 건
사랑이 아니었습니다

당신이 나에게 준 건
시련의 아픔
슬픔과 고통
원망과 분노뿐이었습니다

그래요

당신에게 나는
감정 쓰레기통이었습니다

그것도 모른 체
나는 오늘도 당신에게
사랑을 선물했습니다

내가 멍청한 걸까요
당신이 잔인한 걸까요

원망

이별은 같이했으면서
사랑은 왜
나 혼자 했던 건데

노력

살기 위해 노력했고
사랑하기 위해 노력했고
노력하기 위해
노력했다

밤하늘

무심코 들여다본
밤하늘은
아침 하늘과는 다르게
푸르지 않고
어두웠다
하늘이 예쁘다고 생각하기도 전에
서글픈 마음이 나를 덮쳐왔다
그러자 온통 무채색으로 물든
고요한 밤하늘은
복잡한 내 마음을
차분히 달래주었다

희망

언제나 빛나는 당신은
언제나 어둠 속에 갇혀있는 나에게
한 줄기의 빛과도 같아요
어쩌면 까마득한 이 어둠을
밝혀줄지도 모를
당신을 원해요
매우 간절하게

필연

우연인 줄 알았으나
인연이었습니다
인연인 줄 알았으나
필연이었습니다

사랑

시간을 쪼개서라도
연락해 주는 사람이 있고
외로움을 달래기 위해
연락하는 사람이 있다

사랑을 당연하게 여기는 사람이 있고
사랑을 소중하게 여기는 사람이 있으며
사랑을 갈망하는 사람도 있다

미궁 속에 휘덮인 사랑은
오늘도
모든 이들의 하루를 잔뜩
어지럽힌다

텅 빈 방

사람도 없고
생각도 없고
혼적도 없는
그래서 더 공허한
텅 빈 방 안에서
나는 또
어떤 설움을
얼마나 외로이
토해 낼 텐가

무채색을 위한 밤

밤하늘은
검은색을
달과 별은
하얀색을
도시를 뒤덮은
희뿌연 매연은
회색을
아,
밤은 무채색을 위해
존재하는구나

맞춤 인형

초점을 잃은
두 눈
감정을 잃어
식어버린 마음
더 이상
쏟아낼 것도 없고
쏟아낼 힘도 없다
그렇게
당신은
오늘도
나를
교묘하게
조용하게
조종한다

일상

사랑은 그리 어렵지 않은데
사람은 왜 이리 어려울까요
사랑에 휘말리고
사람에 휘둘리는 것
그것이 나의 일상입니다

불씨와 얼음

불씨는
얼음을 이기지 못하나 봅니다

불씨가 가득 피어올라
꿈을 펼치고 싶어 했던
한 소녀를 기억하시나요

얼음을 품은 당신 때문에
피어오른 꿈을
온몸으로 꺼야만 했던
그 소녀를 기억하시나요

소녀는 날마다
이렇게 속삭였습니다

꿈이 다 타고 남은 재는
모두 당신의 마음속에
번져버렸으면 좋겠다고

그래서
영원히 희망을 품을 수 없는
마음이 되어버렸으면 좋겠다고 말이죠

낙화

꽃은
떨어질 때조차
아름답던데
나는
떨어질 때조차
비참하네요

꽃이 되길 바랐습니다
어느 한순간이라도
아름다워지고 싶었거든요

희비(喜悲)

믿음도 없고
사랑도 없고
희망도 없다
당신이 제게
제공해 주신 건
오로지 절망뿐
이제야 만족하시나요
두 눈에는 핏물이 고이고
두 팔에는 더 이상
힘이 들어가질 않아요
이제야 좀 기쁘신가요
이렇게 저를 잃어가시는 게
목표셨다면
축하드려요
성공하셨네요

생각보다

나는
생각보다
어렸고
생각보다
여렸다

이별 극복

제일 큰 상처도 이별이고
제일 큰 흉터도 이별이지만
널 강하게 만드는 것 또한
이별이기에

너무 두려워하지도 말고
너무 아파하지도 마

젊음

우린 아직 젊다
할 수 있는 것도 많고
갈 수 있는 길도 많다

행복한 꿈

당신과의 아침을 꿈꾸었습니다
찬란한 햇빛을
함께 즐기고 싶었습니다

당신과의 오후를 꿈꿨습니다
강가에 비친 영롱한 노을을
함께 보고 싶었습니다

당신과의 저녁을 꿈꾸었습니다
공허하지만 맑은 저녁 하늘에
함께 물들고 싶었습니다

당신과의 새벽을 꿈꾸었습니다
살랑이는 새벽바람을
함께 쐬고 싶었습니다

당신과 함께
하루를 시작하고
마무리하는 것을
꿈꾸었습니다

고백이라고나 할까요

당신은 알다가도 모르겠어요
거짓 하나 없는
한없이 맑은
사람으로 보이다가도
희뿌연 연기 속에 잠겨있는
한없이 불투명한
사람으로 보이기도 해요
아직도 나는 당신이라는 사람을
잘 모르지만
당신이 어떤 사람이든
오로지 당신만을
내 두 눈에 가득
담고 싶어요

새벽

당신의 새벽이
너무 춥진 않았으면 좋겠다
당신이 새벽에
너무 울진 않았으면 좋겠다

마지막 인사

잠시나마
제 곁에 머물러 주셔서 감사했습니다
제게 온기를 나눠 주셔서 감사했습니다
제게 행복을 가르쳐 주셔서 감사했습니다

마지막으로
당신에게 한 가지 바라는 것이 있다면
제가 반짝이는 달빛 아래서 속삭였던
사랑을
기억해 주셨으면 합니다

찰나의 위로

찰나의 행복으로
감히 영원을 꿈꿨습니다
미안합니다
내 주제에
함부로 행복을 바라고
영원한 행복을 꿈꿔서
그래도
나를 스치던 찰나가 내게
이렇게 전해주더군요
꿈을 꾸는 건 자유라고
그러니 인생의 수많은 찰나들 중
적어도 한 번쯤은 마음 편히
영원을 꿈꿔도 된다고

편지

지금 겪는 일들이
모두 처음일 텐데
어떻게 다 잘할 수만 있겠어

넌 네 나름대로 충분히
잘 견뎌내고 있고
잘 이겨내고 있어
나는 너에게 힘내라는 말보다
잘하고 있다고 말해주고 싶어

잘하고 있어
그리고 앞으로도
잘할 거야

네가 생각하는 것보다
너라는 사람은
훨씬 더 강한 사람일 테니까

오늘 하루도
수고 많았어

내가 지금까지 적어 내린 말들이
너에게 희망이 되었으면 좋겠다

부록

안녕하세요
작가를 꿈꾸고 있는 평범한 고등학교 3학년
김수정입니다.

시를 처음 쓴 건 초등학교 4학년이었지만
2019년 2월부터 본격적으로
작가의 꿈을 키워 왔습니다.

그리고 드디어 좋은 기회를 얻게 되어
제 이름으로 책을 내게 되었습니다.

어떤 책의 저자라고
말할 수 있는 날만을 그려왔습니다.
이 책이 빛을 볼 수 있게 해주신
모든 독자분들과 친구들, 후배들,
그리고 많은 도움과 희망을 주신 선배님께
진심으로 감사드립니다.

이상 '무채색을 위한 밤'의 저자
김수정이었습니다.

무채색을 위한 밤

발   행 | 2023년 03월 07일
저   자 | 김수정
펴낸이 | 한건희
펴낸곳 | 주식회사 부크크
출판사등록 | 2014.07.15.(제2014-16호)
주   소 | 서울특별시 금천구 가산디지털1로 119 SK트윈타워 A
동 305호
전   화 | 1670-8316
이메일 | info@bookk.co.kr

ISBN | 979-11-410-1908-2

www.bookk.co.kr